AF246020

LE
TE DEVM
FRANCOIS,
OV
CANTIQVE
ROYAL.

Sur la déliurance de Meſſieurs les Princes,

Et la ſuite du Mazarin,

Anagramme entier
& parfait.

IVLE MAZARIN,
VIL ZANI ARME'.

Qu'eſt-ce que dit MAZARIN? que dit IVLE?
En ce beau nom quel ſens eſt renfermé?
Il ſignifie en vn ſens ridicule,
Vn VIL ZANI contre la France ARME'.

LE TE DEVM

François,

OV

CANTIQVE

ROYAL,

Sur la deliurance de Messieurs les Princes,
Et la fuite du Mazarin.

O Grand Dieu nous vous benissons,
De toute la manufacture
Dont la merueilleuse structure,
Nous faict tant de sainctes leçons :
Toute la Republique humaine
Releue de voftre Domaine
Nous le proteftons à genoux,
Et que dans tout ce grand espace
En plein fief nous tenons de vous
L'estre naturel & la grace.

    Vous estes le pere eternel
Les Roys vos enfans le confessent,
Et iusqu'aux animaux qui paissent
S'estend voftre soin paternel :
Voftre prouidence admirée
Des trois Eftats de l'Empirée
Se manifefte en cefte Cour
Par des aduantures estranges,
Dont ie vous offre nuit & iour
L'encens des hommes & des Anges.

Comme ie vous l'ay dit souuent
Auec vne ferme asseurance,
I'ay mis en vous mon esperance
Non en aucun Prince viuant :
En vous seul ma force consiste,
En vous seul mon regne subsiste,
Et puis que d'vn culte assidu
Ie vous adore dans l'abisme
Ie ne seray point confondu
Au feu de l'Eternel abisme.

    Vous aurez tousiours soin de moy
Ie n'auray point de Citadelles
Que l'amour des peuples fideiles
Qui me cognoissent pour leur Roy :
Ie le dis & ie le publie
Qu'vniuersellement i'oublie
Les tumultes de mes sujets :
Et toute la gloire où i'aspire
Est de faire vne bonne paix
Dedans & dehors mon Empire.

    Ie fermeray mon Arcenal,
Ie restabliray mes Prouinces
Souz le gouuernement des Princes
Et ie perdray le Cardinal,
I'empescheray qu'il peruertisse
Les Ministres de la Iustice
Comme il a fait mes courtisans :
Et desia moy mesme en personne
A ce Tribun de Partisans
I'oste mon Sceptre & ma Couronne.

Pour

Pour regner de nom & d'effet,
Quand il fera loing de la Reyne,
Ie commanderay qu'on le prene,
Et que fon procez luy foit fait,
Cet infracteur des Ordonnances,
De la milice & des Finances,
Ne fcauroit eftre affez puny,
Si l'efpouuentable Machine,
De mon Royaume defuny,
Ne l'efcrafe comme Conchine.

Il a beau m'offrir les trefors,
Dont luy mefme à vuidé mes coffres,
Ie refufe toutes fes offres,
Et i'elude tous fes efforts,
Quiconque fe reconcilie,
Auec ce fourbe d'Italie,
Eft infailliblement trahy,
Il a mis tout Paris en trouble,
Et de chacun il eft hay,
Comme chacun fçait qu'il eft double.

Mais i'appaiferay les difcords,
Des fouueraines compagnies,
Qui fe plaignent des tyrannies,
Qu'il exerce contre leurs Corps,
Ie le rendray fi ridicule,
En qualité de Seigneur Iule,
Et fous le nom de Mazarin,
Que peut eftre ce mefchant homme,
Sous vn habit de Pelerin,
Ira fe faire pendre à Rome.

Si du Pape il est rejetté,
Comme l'opprobre de l'Eglise
Et qu'il se retire à Venise,
Pour estre plus en seureté
Bien-tost sa noire perfidie,
Le fera passer en Candie,
Et l'Archipelague agité
De sa fortune turbulente,
Armera le Turc irrité
Contre sa personne insolente.

La Mer honteuse du larcin,
Qu'il a fait d'vne somme immense
De tout le bel or de la France,
L'ira vomir au pont Euxin,
Les quatre Elements en dispute
Sur le prodige de sa cheute
Dissiperont tous ses effets,
Et ce Politique funeste
Auec tous les vols qu'il a faits,
Perira de faim ou de peste.

Possible il moura tout viuant,
Par quelque Monstre maritime
Qui l'engloutira dans l'Abime,
Battu de la gresle & du vent
Comme sa naissance incertaine
A mis tous les hommes en peine,
Au temps de sa prosperité
Estant priué de sepulture,
Sa fin à la posterité
Doit estre encore plus obscure.

Qu'il s'en aille donc l'inhumain,
Que iamais plus ie ne le voye
Et qu'on le bruſle ou qu'on le noye,
Pluſtoſt au iourd'huy que demain
Que ſon Eminence badine
Parte de nuiƈt à la ſourdine,
Qu'il aſſemble les Vagabons
Pour les mener en Angleterre,
Et qu'a la maiſon des Bourbons
Il ceſſe de faire la guerre.

Que ſes filous ſoient des Barons,
En quelque pays des Sauuages
Et s'emparant de leurs riuages,
Qu'il deuienne Roy des Hurons
Pour conquerir le nouueau Monde,
Ou par le hoc ou par la fronde
Auec tous ſes gens ſans adeu,
Que ſon engeance Mazarine
Et ſes niepces & ſon Nepueu,
Soient expoſés à la marine.

Que Dom Thadée & Mancini,
Pour debiter hors du Royaume
Des ſauonnettes & du baume,
Accompagnent ce grand Zani,
Auec ce fameux Saltinbanque
Ils eſtalleront à la Blanque,
Non le Pontificat Romain
Mais quelque iolie vtencile,
Qui ſera faiƈte de la main
De ce Ramonneur de Sicile.

Que les Gascons ſes adherans,
Comme Deſpernon & Candale,
Qui ne tiennent point à ſcandale,
De vouloir eſtre ſes parens
Ne ſoient plus d'vne humeur altiere,
Leur brauoure eſt vne matiere
D'epigrammes & de rondeaux,
Et leur petulente ſaillie,
A fait rire ceux de Bourdeaux,
De leur entrepriſe faillie.

Si par caprice ou par raiſon,
Mon peuple briſe leur Carroſſe,
Et leur chante vne iniure atroce
Diffamatoire à leur maiſon,
Ils ſcauront en ceſte diſgrace
Combien on abhorre la race,
Des Tyranneaux & fauoris
Et leur colere mepriſée,
Des Harangeres de Paris
Sera conuertie en riſée.

Si leur Eſcuſſon eſt deſtruit,
Si leurs armes ſont barbouillées,
Et leurs portieres depouillées
Qu'ils n'en facent point tant de bruit,
Encore qu'on rompe la cloche
Que porte le Seigneur de Loche,
Et que ſon nom ſoit mepriſé
Il ne luy peut eſtre incommode,
D'auoir vn Carroſſe briſé
Mais au contraire c'eſt la mode.

Que

Que tous les autres confidens,
De ce voleur de benefices
Pourueus d'Euefchés ou d'Offices
De Maltotiers & d'Intendans,
Soient deliberés de le fuiure
Ou qu'ils fe repentent de viure,
D'vn fi miferable meftier
Et dans cefte affaire preffée
Qu'ils n'efperent pius de quartier,
Apres la quinzaine paffee.

Le Duc nullement liberal,
Dont l'Ame toute Cardinale
Eut le renom d'eftre venale,
Des qu'il fut receu General
N'aille plus à l'Hoftel de Ville,
Par vne contrainte feruile,
Offrir fon efpée au fourreau,
Il court rifque ce Prince indigne
D'eftre jetté fur le carreau,
Pour fa matoiferie infigne.

Son braue Cadet malheureux
En la feule eftime commune
Pour auoir fait peu de fortune
Apres tant d'exploits genereux,
En fon Cabinet fe retire
Iufqu'a ce qu'on luy vienne dire,
Qu'il peut fortir en feureté
Et que ie puis dés mon bas age,
Vaincre l'extreme pauureté
Qui luy fait peur de fon vifage.

C

Les quatre vaillants Mareschaux
De cette derniere campagne
A leur arriuée en Champagne,
Ne ſoient plus ſi prompts ny ſi chaux,
Ie n'ayme guere les battailles,
Qui mangent le fonds de mes Tailles
Pour rendre mon nom immortel,
Et la Gaſette eſt vne ſotte
De faire tant ſonner Rethel,
Qu'on eut repris à coups de motte.

   Enfin que ce grand Conquerant,
De Chaumieres & de Bicoques
Quoy que ſubtil en equiuoques,
Sçache qu'il eſt vn ignorant
Le Vice-Roy de Catelogne,
Ou le Gouuerneur de Boulogne,
Le conduiſe au port de Calais,
Et qu'en chemin il luy ſouuienne
Des Bonnets quarrez du Palais,
Et des bonnets ronds de la Guyenne.

   Sans armement & ſans Canon,
Qu'on enleue ce beau Monarque,
Et que ſans biſcuit on l'embarque
Auec ceux qui portent ſon nom,
Que la tempeſte le Balote
Sans Gouuernail & ſans Pilote,
Pourueu que bien loing de nos yeux
Vn horrible Demon l'emporte,
La France n'en ira que mieux
Quand il perira de la ſorte.

Cependant i'iray defarmer,
Sur nos Frontieres effrayées,
Toutes nos trouppes mal payées,
Qu'il eft befoin de reformer
Ie rempliray d hommes capables,
Non d ignorants ny de coupables
Le nombre des Beneficiers,
Et deformais la fimonie
Par mes fouuuerains Officiers,
Sera feuerement punie.

Le Peculat pareillement,
Et tous autres crimes enormes
Seront condamnez par les formes,
De mon Illuftre Parlement,
Ces Magiftrats incompatibles
Auec les juges corruptibles,
Ayans fouftenu tout le faix
De la Monarchie ebranlée
M'ayderont à faire la paix,
De la Chreftienté defolée.

Ouy ! grand Dieu ie vous le promets,
Et i'engage dans ma promeffe
Cefte genereufe Nobleffe,
Qui ne m'abandonne iamais
Lors de mon facre magnifique,
Du titre de Roy pacifique
Ie defire eftre couronné,
Et prendre ce nom tres augufte
Digne de LOVIS DIEV DONNE'
Succeffeur de LOVIS LE IVSTE.

F I N.

Sur la Rime de Mazarin, Et de son Partisan Marin.

EPIGRAMME.

PVisque le Partisan MARIN,
Rime aussi bien à MAZARIN,
Que Panade à Capilotade,
Il est bon comme celuy-cy,
Est mis à LA MAZARINADE,
Que cet autre soit mis aussi,
Dans vn plat à LA MARINADE.

9 782014 110050